INSTITUT DE FRANCE

ACADÉMIE DES BEAUX-ARTS

NOTICE

SUR LA VIE ET LES TRAVAUX

DE

M. HONORÉ DAUMET

(1826-1911)

MEMBRE DE L'ACADÉMIE

PAR

M. HENRY ROUJON

SECRÉTAIRE PERPÉTUEL DE L'ACADÉMIE

Lue dans la séance publique annuelle du samedi 9 novembre 1912.

PARIS

TYPOGRAPHIE DE FIRMIN-DIDOT ET Cⁱᵉ

IMPRIMEURS DE L'INSTITUT DE FRANCE, RUE JACOB, 56

M D CCCC XII

Imp E. Larmère

INSTITUT DE FRANCE

ACADÉMIE DES BEAUX-ARTS

NOTICE

SUR LA VIE ET LES TRAVAUX

DE

M. HONORÉ DAUMET

(1826-1911)

MEMBRE DE L'ACADÉMIE

PAR

M. HENRY ROUJON

SECRÉTAIRE PERPÉTUEL DE L'ACADÉMIE

Lue dans la séance publique annuelle du samedi 9 novembre 1912.

PARIS

TYPOGRAPHIE DE FIRMIN DIDOT ET Cie

IMPRIMEURS DE L'INSTITUT DE FRANCE, RUE JACOB, 56

M D CCCC XII

NOTICE

SUR LA VIE ET LES TRAVAUX

DE

M. HONORÉ DAUMET

(1826-1911)

MEMBRE DE L'ACADÉMIE

PAR

M. HENRY ROUJON

SECRÉTAIRE PERPÉTUEL DE L'ACADÉMIE

Messieurs,

Le dernier jour de décembre 1671, l'Académie royale d'architecture se constitua sous la présidence de Colbert. Elle entendit tout d'abord une harangue de François Blondel. « Pour être vraiment architecte, disait l'orateur de la Compagnie, il ne suffit pas d'avoir une médiocre connaissance des règles de cet art excellent. Cette qualité demande un concours de tant de vertus et de connaissances différentes que la vie ne suffit pas pour l'acquérir. »

Depuis Blondel il n'a pas manqué d'artistes, en France,

pour appliquer ce noble programme. Mais a-t-il été jamais mieux compris que par celui dont le souvenir nous occupe en ce jour? — Toute une carrière vouée à la conquête des connaissances et des vertus nécessaires à l'architecte, voilà la vie de M. Daumet.

Au point de vue romanesque, elle a été exempte d'aventures. S'il fallait en résumer dans une formule l'intérêt tout spirituel, je me servirais d'un mot dont l'usage tend à disparaître, peut-être parce que se font trop rares les occasions de l'employer : je dirais que ce fut une vie édifiante. De toute la personne de M. Daumet se dégageait une onction presque sacerdotale. D'où lui venait cette autorité d'autant plus forte qu'elle se faisait plus discrète? De la conviction, profondément ressentie par nous tous, que nous étions en présence d'une noble conscience. Pour s'imposer aux hommes, il n'a encore été trouvé rien de mieux que d'être un exemple.

Pendant ses dernières années, notre confrère avait pris un plaisir tout intime à écrire ses souvenirs de jeunesse. De pieuses mains ont daigné entr'ouvrir pour moi le pli qui renferme ces confidences. Je les ai lues avec émotion. Elles me feraient presque regretter la disparition d'un article de l'ancien règlement de notre académie romaine : celui qui prescrivait une austère lecture pendant le repas des pensionnaires. On m'assure qu'il serait chimérique de proposer le rétablissement de cet usage aux hôtes du Pincio; que ne dit-on pas? Le récit, médité en commun, des débuts de M. Daumet donnerait à de jeunes artistes un précieux conseil. Rien de plus réconfortant que sa leçon d'optimisme pour des énergies

en apprentissage. C'est le roman de la bonne ambition.
Voulez-vous, Messieurs, que nous jetions ensemble un
regard sur ces pages? Elles nous feront penser plus d'une
fois aux enfances conquérantes que Marmontel, Dickens
ou Renan ont racontées.

Pierre-Jérôme-Honoré Daumet est né à Paris, le 23 octobre 1826. Ses parents étaient de petite bourgeoisie. Le
père, d'origine normande, avait fondé un commerce de
chaises; la mère était une Parisienne laborieuse et volontaire. Quelque atavisme nous permettra-t-il de retrouver
dans cet humble milieu la source d'une vocation artistique? Daumet se réclamait volontiers d'un grand-père
maternel qui avait dû se résigner au métier de boulanger,
après avoir commencé des études d'architecture. Le
bonhomme, pour se consoler sans doute de ce renonce-
ment, ne s'était jamais séparé d'un dessin de Boucher,
représentant une nymphe. Ce dessin ornait, hier encore,
le salon de la famille Daumet. Peut-être notre confrère
aimait-il à y voir une sorte de talisman.

La mort subite du père vint désoler cette famille heu-
reuse. Mᵐᵉ Daumet mère restait veuve avec deux enfants,
un garçon et une fille. Peu après, une spéculation fâcheuse
la ruinait à demi. La courageuse femme regarda le malheur en face : elle prit la direction du commerce créé par
son mari, avec deux enfants en bas-âge pour auxiliaires.

Chaque soir, en rentrant de l'école, le petit garçon
allait faire les commissions pressées, lorsqu'il ne travail-
lait pas à vernir les chaises. Peu à peu, quelque bien-être
rentra au foyer: le fils venait d'avoir douze ans. Un impri-

meur lithographe, chez qui il se proposa, le jugea trop
petit. En attendant l'âge et la taille d'un apprentissage
quelconque, l'enfant put ébaucher quelques études dans
un pensionnat du quartier. Cependant il fallait trouver
un gagne-pain. L'écolier entra chez M. Hérard, architecte des monuments historiques. Ce premier patron le
chargea de procéder à des mesurages et principalement
de garder le bureau. Entre temps, le petit commis relevait
des plans et dessinait des ordres; il respirait là, tant bien
que mal, une atmosphère d'art. Le soir il allait dessiner à
cette « Petite École », où tant de vocations se sont
éveillées. Il gagnait par ailleurs quinze francs par mois
chez un ingénieur civil. Le commerce de la mère pros-
pérait doucement; l'intelligente femme, rassurée sur
l'avenir, finit par autoriser la vocation de son fils. Dès lors
l'enseignement du digne M. Hérard devenait insuffisant.

L'architecte Saint-Père tenait, avec son associé Trouil-
let, un bureau assez achalandé. Daumet commença là ses
études pratiques. Il était déjà un bon apprenti constructeur lorsque, à vingt ans, en 1846, il fut admis à l'École
des Beaux-Arts. La route lui était enfin ouverte vers la
grande ambition, celle du Prix de Rome.

Commence alors cet ardent travail, acharné et métho-
dique à la fois, qui devait transformer en lauréat le
modeste commis. Il lui fallait mener de front les hautes
études et de menues besognes. Pendant les nuits de travail, sa mère, maintenant retirée des affaires, se tenait à
ses côtés; elle avait mission de le réveiller lorsqu'il s'endormait de lassitude. Vint le jour où se présenta cet
envoyé de la Providence qui s'appelle le premier client :

l'épicier du coin de la rue des Ciseaux commanda des dessins pour l'installation de son comptoir. Ce fut une joie.

Daumet avait été admis à titre gratuit dans l'atelier fondé par Blouet, qui devait, à la mort de ce maître, passer sous la direction de Gilbert (1853). L'un des nôtres pourrait vous expliquer la situation prise aussitôt par le nouveau venu vis-à-vis de ses compagnons : admis plusieurs fois en loge dans les concours du prix de Rome, Daumet apparaissait à son camarade Pascal comme un aîné enveloppé de prestige.

Les profanes s'imagineraient volontiers que les études d'architecture, par leur caractère de précision et leur appel aux longues patiences, disposent leurs adeptes aux veillées silencieuses. Il n'en est rien. Du moins, en l'an 1854, le calme ne régnait pas toujours, dans les combles de l'Hôtel Pellaprat. Mille bruits en courent à la gloire de certains débutants d'alors, que la vie tranforma par la suite en graves académiciens. La tradition orale attribue à l'un des brillants élèves de l'atelier Gilbert le mérite d'avoir fait monter un âne par le grand escalier de l'hôtel Chimay, jusqu'à l'appartement du prince. Que l'illustre maître, auteur de cette prouesse légendaire, se rassure : je ne le nommerai point.

Tout en consentant à sourire de ces joyeusetés professionnelles, Daumet n'y prenait part que mollement. « Il semblait plus vieux que son âge, me disait M. Pascal; nous l'appelions déjà *Monsieur Daumet*. » Il y a toujours dans les collectivités, écoles, collèges, ateliers, parlements, quelqu'un qui se charge d'être le plus turbulent de la classe et quelqu'un qui se contente d'en être le plus sage. Il arrive presque infailliblement que l'un et l'autre parviennent à de hautes destinées; ces deux méthodes contradictoires aboutissent à des résultats identiques. Dès l'enfance, Daumet avait choisi la seconde. Au concours de 1855, elle lui valait le Grand Prix de Rome.

Plus qu'octogénaire, notre confrère s'attendrissait encore en songeant à cette date solennelle. Il la consignait pieusement sur son *Journal*. Cette fois la main a tremblé; l'écriture s'est brouillée; on dirait que des larmes sont montées aux yeux. « Avoir rêvé pendant vingt ans d'efforts, Rome, l'Italie, la Grèce! J'eus alors un moment délicieux, indicible. » Laissez-moi citer ceci encore : « Ce moment, je l'ai revécu par le souvenir, lorsque mes élèves atteignirent le même but : la sublime récompense. »

Le 17 décembre 1855, Daumet partait pour Rome, avec Alphée Dubois et Chapu. C'était une séparation de cinq années, sans aucun adoucissement possible à la sévérité du règlement; l'on admettait alors, dans tous les ordres d'idées, qu'il pût y avoir des choses défendues. En passant par Draguignan, Daumet se donna la joie — et la petite revanche légitime, — d'aller rendre visite à l'ingénieur civil qui lui avait fait gagner ses premiers quinze francs; ce M. Guérin, en découvrant son petit commis de jadis sous la dignité de Grand Prix de Rome, manifesta la plus flatteuse stupéfaction.

Dès le lendemain de son arrivée à la Villa Médicis, après avoir reçu de M. Schnetz cette investiture paternellement ironique dont le spirituel directeur avait le secret, Daumet se mettait au travail. Écoutons-le faire son examen de conscience : « Je ne savais rien que mon métier de bâtisseur de maisons parisiennes. »

L'initiation, le baptême artistique, il les demanda au merveilleux milieu inspirateur, à la leçon éternelle des génies, au contact si chaud et si vibrant de ses rivaux. Une colonie prédestinée peuplait alors la maison du Pincio. A la même table que Daumet et Chapu venaient s'asseoir un Delaunay, un Bizet, un Carpeaux, j'en oublie ! Parfois, la joyeuse bande, grossie de « ceux d'en bas », allait dîner, pour dix-huit sous, « al Gabione », un affreux bouge, où le dessert consistait en marrons grillés. Ainsi fut fondée l'association des *Caldarosti*, le plus idéaliste et le plus gai des syndicats. Un de ses membres est toujours parmi nous, Dieu merci, un Romain volontaire qui s'alla perfectionner en Espagne, un vrai Français surtout, dont la persistante jeunesse porte allègrement le poids de la gloire, — notre Bonnat.

Toujours « le plus sage de la classe », Daumet se montrait assidu aux conférences que l'archéologue Visconti venait faire, pendant l'hiver, aux pensionnaires de la villa Médicis. Le cours avait lieu dans l'appartement de M. Schnetz ; il manquait parfois d'auditeurs. Dès l'exorde, M. Schnetz s'endormait pour ne se réveiller qu'avec les applaudissements de la fin. Plus d'une fois Daumet s'est trouvé seul pour réveiller M. Schnetz et pour applaudir la péroraison.

Pour son dernier envoi, il entreprit, sur le conseil d'Ancelet, un travail d'une importance exceptionnelle : la restauration de la villa d'Hadrien, à Tivoli. Depuis longtemps, ce domaine n'était plus qu'un chaos de ruines. A

3

partir du seizième siècle, son sous-sol avait été impitoyablement bouleversé par les chasseurs de chefs-d'œuvre. Il fallait de patientes recherches pour se reconnaître dans cette merveille dévastée. Daumet alla s'établir à l'albergo de la Sibylle, près de l'adorable temple de Vesta. Éveillé chaque matin au bruit des cascatelles, il gagnait son chantier monté sur un baudet pacifique. Ce fut pendant plusieurs mois une fièvre de travail. Ces belles hypothèses architectoniques sont pour de jeunes esprits sérieux des occasions incomparables de s'instruire et de s'exalter. Daumet refit le songe de magnificence du plus raffiné des potentats. Vouloir reconstituer en entier la demeure de l'impérial dilettante eût été chimérique; il se borna à l'étude des bâtiments du nord. Pour la première fois, des fouilles méthodiques explorèrent ces richesses livrées au pillage.

Mais voici que la découverte d'une mosaïque réveilla les curiosités administratives. Le grand seigneur propriétaire de la villa trembla pour les profits de son exploitation. Un ordre brutal de suspendre les travaux fut expédié au chercheur candide qui prenait la Villa tiburtine pour un sujet d'études désintéressées. Ce travail, brusquement interrompu, n'en avait pas moins imposé un exemple et créé une tradition. Daumet avait montré la voie aux archéologues italiens; il avait ouvert un chantier scientifique. Plus d'un pensionnaire a marché depuis sur ses traces : M. Blondel, M. Esquié, M. Girault, M. Sortais ont repris le chemin de Tivoli. Le plus savant, le plus aimable aussi des antiquaires, Gaston Boissier, aimait à prendre Daumet pour guide dans ses promenades à travers la Folie d'Hadrien.

Lorsqu'il revint en France, après cinq années d'absence, Daumet y était précédé par une réputation flatteuse de conscience et de talent. Ce premier moment du retour, le brusque contact avec les difficultés de la carrière, c'est une heure troublante où l'on a vu chanceler les plus forts. Cet instant d'angoisse lui fut épargné.

En 1858, il avait bénéficié des facilités de voyager en Grèce, si heureusement données aux Romains par l'initiative de Salvandy. Un premier séjour à Athènes lui avait laissé des souvenirs délicieux. Le directeur Daveluy s'était attaché à ce jeune visiteur réputé pour sa sagesse précoce. Cette sagesse, Daumet, dès son arrivée à l'École d'Athènes, avait eu l'occasion de l'exercer. Un malentendu risquait de diviser l'excellent directeur et quelques-uns des membres de la mission. Daumet, semblable au divin Ulysse le héros fertile en bons conseils, avait joué entre les deux camps le rôle de pacificateur. Là ne s'était point bornée son activité. Les visiteurs du Petit Palais des Champs-Élysées — je parle du moins de cette élite qui regarde les dessins d'architectes — peuvent y admirer un modèle de science et de goût, le relevé du théâtre d'Hérode Atticus. A Athènes, Daumet avait fait encore la plus précieuse des découvertes : celle d'une de ces amitiés qui lient pour toujours, une de ces unions raisonnées dont Montaigne seul a su dire la noblesse et le charme ; il était devenu l'ami de Léon Heuzey

Dès son concours de l'École d'Athènes, Léon Heuzey avait été sacré archéologue par ses juges « à un degré, dit le texte officiel, que la Commission n'avait trouvé encore chez aucun de ses devanciers ». Une curiosité toujours en éveil, la passion de la découverte modérée par une méthode prudente, la rigueur scientifique dans une âme d'artiste, tel était déjà celui que ses pairs et ses élèves devaient saluer un jour du nom de « parfait athénien ».

Au début de cette année 1861, alors que Daumet arrivait à la fin de sa pension, Léon Heuzey venait d'être chargé d'une importante mission. L'Empereur Napoléon III, méditant sa *Vie de César*, désirait renseigner aux meilleures sources son zèle de volontaire de l'Histoire. Il avait demandé qu'on lui indiquât un jeune érudit capable d'étudier, au point de vue topographique, les champs de bataille où avait péri l'oligarchie romaine, Philippes et Pharsale. Léon Renier et Mme Sébastien Cornu lui désignèrent M. Heuzey. Le jeune chargé de mission, comprenant qu'il lui fallait l'assistance d'un architecte, offrit à son ami Daumet de l'accompagner.

Heuzey avait obtenu que le champ de ses recherches fût étendu : il était autorisé à explorer toute la Macédoine, la Thrace, l'Illyrie, la Thessalie, l'Épire. Une corvette à hélice, *La Biche*, était mise à la disposition de la mission ; un garde du génie, M. Laloy, lui était adjoint. Ce fut pour les deux amis une docte et joyeuse aventure.

On était au lendemain de la guerre d'Orient. Pour voyager dans les Balkans, nul passeport ne valait, à cette époque, un nom français. Il y avait une Europe, alors, et dans cette Europe, une puissance honorée de la clientèle des faibles et chargée de dire le droit. A Salonique, nos jeunes missionnaires furent conduits en pompe, par le consul de France, chez le pacha, semblable à un vieillard des Mille et une nuits. En ces jours de cérémonie, lorsque MM. Daumet et Heuzey voulaient corriger la simplicité de leurs costumes de voyage, ils mettaient des gants, qui avaient été blancs — à Paris.

« Heuzey était un savant, j'étais un artiste. » Bien qu'il ne sût ni le grec, ni le latin, Daumet parvenait à copier exactement des inscriptions. Il dessinait infatigablement. Il rendit avec une étonnante précision les vues panoramiques et les détails de ces paysages saturés d'histoire, le Pangée couvert de neige, Dyrrachium, Chalcis, les défilés qui dominent la plaine de Pharsale. Dans la vallée de Tempé, en face de ces rochers terribles dont Tite-Live disait « qu'ils donnaient le vertige aux âmes », il prit secrètement en pitié l'artificielle Tempé reconstituée par Hadrien à la Villa Tiburtine : devant le cours majestueux du Pénée, il songea avec quelque dédain au ruisseau chétif qui ne coule pas toujours au fond du vallon de Tivoli. Son émotion d'artiste ardent et loyal se traduit dans ces dessins et dans ces aquarelles, fidèles portraits de lieux illustres. Mᵐᵉ Daumet et son fils, — qu'ils en soient profondément remerciés — viennent de donner à la bibliothèque de l'Institut ces précieux portefeuilles; ils serviront d'émouvants commentaires à la magistrale publication de M. Heuzey. Un de ces dessins, d'une exquise suavité, interprète d'un crayon respectueux, presque intimidé, la plus célèbre trouvaille de la mission : la stèle, de si beau style archaïque, dont s'est enrichi le Louvre, celle que M. Heuzey, dans le plus ingénieux et le plus poétique des commentaires, a appelée l'*Exaltation de la fleur*.

Cette mission de Macédoine sera toujours citée comme un modèle de méthode, d'endurance et d'ardeur. L'époque était aux belles expéditions archéologiques. En même temps, MM. Georges Perrot et Guillaume exploraient la Galatie. Ainsi fut fondée la tradition d'unir l'archéologie et l'architecture en d'heureux mariages. Comment ne pas citer quelques-uns de ces bons ménages, — contractés devant les pins parasols de la villa Médicis — Chaplain et Dumont, Nénot et Homolle, Laloux et Monceaux, Pontrémoli et Collignon, Defrasse et Lechat, enfin Hebrard et Zeiller, Hulot et Fougères, des mariés d'hier qui se déclarent parfaitement heureux?

Les années d'apprentissage étaient accomplies. Dès son retour d'Orient, quel sera le premier souci de Daumet? Enseigner, rendre aux autres le bienfait qu'il a reçu. Il fonde un atelier. Pour lui, la fonction de professeur sera un apostolat, la prédication du prix de Rome. C'est un chapitre des annales de l'art français que l'histoire de l'atelier Daumet (1). Quelqu'un l'a gaiement racontée, depuis l'installation dans le local originaire, à l'ombre de l'ancienne abbaye de Saint-Germain-des-Prés, jusqu'à cette journée ensoleillée de 1911, où, dans la petite maison de Saint-Germain, tous les élèves du maître, moustaches blondes et cheveux gris, célébrèrent le cinquantième anniversaire de son enseignement. Ils lui remirent la plaquette où Puech a rendu si heureusement l'aspect grave et doux de son visage. A l'allocution d'un de ses plus chers continuateurs, Daumet répondit d'une voix affaiblie par l'émo-

---

(1) H. Deverin, *Petite histoire d'un atelier.*

tion, comme un homme à qui toute sa vie remonte au
cœur. Ses élèves avaient acquitté leur dette envers lui ;
il voulut aussi payer la sienne ; il se déclara leur obligé ;
il les remercia du rajeunissement perpétuel que leur
rayonnement lui avait donné. Il cita avec orgueil les neuf
noms des grands prix sortis de l'atelier (1). Parmi ces
lauréats, deux étaient allés le rejoindre sous la coupole :
jours de joie pour le bon maître.

Mais, si consciencieuses, si profondes que soient une
méthode et une doctrine, ce n'est que par des créations
originales qu'un artiste enseigne et s'affirme. Il est grand
temps de parler de l'œuvre de Daumet.

Elle est considérable. Tout d'abord il fut adjoint à Duc,
pour les travaux du Palais de justice de Paris. Son
apport personnel se reconnaît dans la salle d'audience de
la Cour d'appel, dont la porte monumentale est d'aspect
si grandiose, et dans un autre ouvrage, par malheur diffi-
cilement visible : la façade dite des fleurs de lis, qui
donne sur la cour intérieure de la Sainte Chapelle. Toutes
les fois que Daumet touchera à un monument historique,
ce sera avec prudence et respect. La trace se retrouve,
de cette main légère et pieuse, au théâtre d'Orange, au
Temple d'Auguste et de Livie, à Vienne, à la porte d'Ar-
rouy à Autun.

A Grenoble, Daumet fut chargé de la tâche délicate
d'agrandir le Palais de justice. Il eut pour souci de ne
point altérer le caractère de l'édifice ancien. On sait avec

(1) *Grands prix de l'atelier Daumet* : Bernier (1872), Blondel (1876),
Girault (1880), Esquié (1882), d'Espouy (1884), Sortais (1890), Chifflot
(1898), Jaussely (1903), Bonnet (1906).

quel bonheur il adapta les nouveaux locaux au palais de
la Renaissance. Il retrouvait à Grenoble la tradition d'un
maître qui lui était particulièrement cher. A toutes les
raisons que Daumet pouvait avoir d'admirer le talent
si élevé de Questel s'en joignait une autre, d'ordre plus
intime : C'est dans la famille de son devancier qu'il avait
fait la bonne rencontre. Je me reprocherais, en insistant,
de rouvrir dans un cœur endolori la source des larmes.
Qu'il me soit permis seulement de rappeler que si Daumet
eut le mérite de prendre la vie toujours au sérieux, elle
l'en a récompensé par le plus riche présent qu'elle pût
lui faire, le bonheur assis à son foyer.

Les architectes ont trop souvent le mélancolique devoir
de laisser partir le meilleur de leur pensée pour de loin-
tains exils. Il est un autre ouvrage de Daumet que bien
peu de nous connaissent. Voici quelques années, au cours
d'un voyage à Jérusalem, trois pensionnaires de la villa
Médicis s'arrêtaient, surpris et intrigués, devant une
construction neuve qui leur paraissait s'harmoniser à
souhait avec la poésie de la Palestine : c'était le Sanc-
tuaire de l'*Ecce homo*, avec son admirable chapelle à coupole, tout cet ensemble ingénieux et imposant exécuté par
Daumet pour le monastère de Notre-Dame de Sion.
Il est bon de rappeler qu'un artiste de chez nous fait
grande figure, là-bas, au lieu saint où n'abdique point
l'influence française.

Daumet reçut encore la mission d'achever les travaux
du château de Saint-Germain. Depuis les études com-
mencées par Eugène Millet, un problème s'imposait :
fallait-il faire disparaître les lourdes adjonctions de

Louis XIV? Daumet reconstitua dans le style de la
Renaissance un ensemble harmonieux. Il recréa ainsi
toute une époque d'art français. Sa science d'archéologue
et sa profonde expérience de constructeur le servaient à
souhait dans cette œuvre délicate où l'hypothèse n'était
pas défendue. Un ouvrage de cette importance n'est jamais
achevé. Jusqu'à sa dernière heure, Daumet travailla à la
restauration de Saint-Germain. Il était installé là, en qualité de gouverneur du domaine. Il me souvient d'avoir
admiré plus d'une fois la fermeté qu'il déployait dans ce
fief administratif; il avait à remplir le rôle ingrat de
défenseur du bien public. Lorsqu'il s'agit des propriétés
nationales, la démocratie interprète parfois un peu héré-
tiquement le dogme de la liberté. Il y a là une tradition
ancienne. Dès le lendemain de la prise de la Bastille, les
visiteurs du Jardin du Roi, transformé en Museum, crurent
devoir affirmer leur souveraineté en piétinant les pelouses
et en saccageant les rosiers; Bernardin de Saint-Pierre
en gémit. Daumet ne se contentait point de gémir. Il eut
à soutenir d'héroïques combats contre les noces parisiennes et contre la caste superbe des automobilistes. Et,
— chose infiniment rare, lorsqu'on représente le bon
droit et la sagesse! — il triompha de ses adversaires.

Mais tout cela, — recherches à travers les débris de la
beauté antique, missions savantes, restaurations d'édifices,
— tout cela, si méritoires qu'en fussent les efforts, ce
n'était pas encore la grande occasion... Vous savez,
cette occasion qui ne passe qu'une fois dans la vie d'un
architecte, que dis-je? celle qui trop souvent ne vient
jamais, et que tous espèrent. Sans doute, pour tous les

artistes, la fortune dépend d'un caprice du sort. Mais la
mystérieuse fée qui s'appelle la Chance a souvent favorisé
des peintres, des sculpteurs, des musiciens de vingt ans.
L'on dirait qu'elle exige des architectes qu'ils aient la
barbe blanche le jour de sa visite. Peut-être les choses
sont-elles ainsi pour le mieux. Rappelons-nous ce que
disait Blondel « de ce concours de connaissances et de
vertus, qui demande une vie tout entière ». Le génie est
une longue patience ; ce doit être un grand prix d'architecture qui a trouvé cela pour se consoler !

Daumet allait avoir cinquante ans lorsque vint à lui le
client rêvé. Mais quel client ! Un prince français, le plus
français des princes, suzerain de la plus magnifique des
seigneuries. Et quel programme ! Réédifier, pour une
troisième époque de splendeur, la maison des Montmo-
rency et des Condé !

De tout temps, le duc d'Aumale avait pensé à la restauration de Chantilly. On sait dans quel état lamentable le
château lui était parvenu : tout l'édifice de Mansart rasé
jusqu'aux substructions, le Châtelet, seul, demeuré intact.
Il s'était pris de tendresse pour l'œuvre charmante de
Jean Bullant « semblable, aimait-il à dire, à un cygne en-
dormi sur les eaux ». Là s'abritaient quelques-uns de ses
plus chers souvenirs, les rendez-vous de chasses royales,
les lendemains de son mariage, les premiers jours de ce
bonheur conjugal dont le deuil l'attrista toujours. Déjà, il
proposait à ses conseillers artistiques, Duban et Eugène
Lami, de relever Chantilly de ses ruines ; la révolution de
1848 interrompit ce premier projet. Le duc eut à cœur
de le reprendre, dès que les portes de sa patrie lui furent

rouvertes. Il était rentré chez lui, sans pouvoir goûter tout
entière la joie du retour : les traces de l'invasion souil-
laient encore les pierres où Condé s'était assis. Bientôt la
France rendait au vétéran des armées d'Afrique, à défaut
d'une couronne, la plume blanche du commandant de
corps. C'était assez pour panser la blessure d'un cœur de
soldat. En son gouvernement militaire de Besançon,
lorsque le général Henri d'Orléans était de loisir, à quoi
songeait-il? A la résurrection de Chantilly! Il meublerait
de chefs-d'œuvre sa maison rendue à la vie; il en ferait
l'asile de l'art et de l'amitié; il la donnerait ensuite à la
France. Est-il besoin de rappeler ici quel moment il sut
choisir pour divulguer ce noble projet et à qui il confia son
héritage? Mais pour réédifier la demeure de Condé, il fallait au duc d'Aumale un artiste digne de succéder à des
devanciers qui s'étaient appelés Pierre Chambiges, Jean
Bullant, Mansart, Aubert et Le Nostre. Le hasard a quel-
quefois de l'esprit : prenant l'aimable aspect de notre
confrère Anatole Gruyer, il présenta Daumet au prince.
Le mécène idéal avait trouvé l'idéal des collaborateurs.

Le programme imposé à l'architecte comportait deux
ordres de difficultés. Tout d'abord, le nouvel édifice serait
reconstruit dans le périmètre et sur les substructions
de l'ancien. En outre, dans la pensée du duc d'Aumale,
Chantilly devait être avant tout l'abri de ses trésors artistiques. Historien, bibliophile et collectionneur, il avait
rapporté en France, avec sa cantine de troupier d'Afrique,
les éléments d'un Musée royal. Il donna à Daumet la
liste des hôtes qu'il désirait installer magnifiquement.

C'étaient les richesses sauvées miraculeusement de la

dévastation du domaine, et celles aussi qui avaient été ac-
quises pendant l'exil : les bronzes de Sarrazin gardiens des
cœurs des Condés, les vitraux et les boiseries d'Écouen,
l'autel de Jean Goujon, les crayons du seizième siècle,
les tapisseries de Van Orley, les cabinets de gemmes et
de joyaux. Si toute liberté était laissée à l'imagination
de Daumet quant à l'élévation de l'édifice, il lui fallait,
pour les arrangements intérieurs, obéir à un plan rigou-
reux. Il y avait là de quoi enthousiasmer un artiste, et
de quoi aussi embarrasser, décourager peut-être, un
constructeur moins expérimenté. Certes, il n'appartient
guère à un profane d'expliquer avec quelle habileté magistrale Daumet a résolu les problèmes qui lui étaient posés.
Mais n'ai-je pas entendu nos confrères architectes vanter
entre eux, comme de rares exemples, l'audacieux escalier, taillé dans le roc, qui conduit au Châtelet, l'élégante
tour qui réunit les deux édifices, toutes les dispositions
heureuses qui conservent à ce logis de chefs-d'œuvre la
poésie d'une demeure princière? Et puis, nous autres,
les passants, c'est-à-dire tout le monde, nous tous, pro-
meneurs de ce jardin enchanté qui s'appelle la France,
n'avons-nous pas des yeux pour voir? Est-il besoin d'un
apprentissage technique pour s'apercevoir, alors qu'on
débouche sur l'esplanade de Chantilly inondée de lumière,
que de la beauté s'est ajoutée encore à ce séjour de la
gloire et du génie?

Laissons faire le temps, ce grand auxiliaire de l'architecture; il ne se chargera que trop vite d'envelopper ce
blanc poème de pierre du mystère qui lui manque encore.
Peu à peu, l'œuvre nouvelle, où la pensée personnelle

d'un artiste du dix-neuvième siècle s'est souvenue de la Renaissance, s'unira en parfaite harmonie aux vestiges de l'art du passé. Le clocheton ajouré de l'exquise chapelle construite par Daumet n'a rien à redouter du souvenir des Chambiges et des Jean Bullant.

La collaboration du duc d'Aumale et de son architecte fut égayée plus d'une fois par ces bonnes contradictions d'où les amitiés sortent retrempées. Entre le soldat illustre, habitué au commandement, et le doux entêté qu'était l'artiste, le dernier mot restait le plus souvent à celui-ci. Vous vous souvenez, Messieurs, de la réception offerte le 26 octobre 1895, par le châtelain de Chantilly à ses confrères, lors du centenaire de l'Institut. Le prince avait tenu à ce que son cher architecte fût, ce jour-là, à côté de lui. Daumet obtint pour récompense de faire lui-même les honneurs de son œuvre à ceux-là même qu'il avait plu au duc d'Aumale de choisir pour ses héritiers.

Daumet en était, de ces héritiers, depuis dix ans. Aussitôt après l'achèvement des travaux de Chantilly, vous lui aviez décerné le prix Jean Reynaud. En 1885, vous l'appeliez à recueillir la succession de Théodore Ballu.

L'académicien qu'il a été, infatigablement assidu, toujours prêt à toutes les tâches, surveillant méticuleux des travaux de nos pensionnaires, si prompt à revendiquer nos moindres prérogatives, intervenant dans toutes les questions avec une ardeur juvénile, ce confrère accompli, souffrez que je revendique l'honneur de lui rendre hommage. Pendant une longue période où la maladie me tenait éloigné de mon devoir, quelqu'un consentit à se charger d'empêcher qu'aucun intérêt ne fût compromis ou seu-

lement retardé. Ce rôle d'affectueux dévouement, mon
vénéré ami Daumet l'a voulu remplir, à plus de quatre-
vingts ans ; et avec quel souci scrupuleux du bien général,
avec quel zèle tenace et souriant ! Lorsqu'il me remit ses
pouvoirs, je recueillais dans son exemple des raisons de
mieux remplir ma tâche.

Un autre souvenir me revient encore, avec le vague
remords d'avoir, une première fois déjà, abusé du dévouement de Daumet au bien public. Inspecteur général des
Bâtiments civils, il se trouva atteint par l'inexorable
limite d'âge, à l'heure même où sa collaboration m'apparaissait plus précieuse que jamais. J'osai lui demander de
continuer à servir bénévolement l'État, j'allais dire pour
le plaisir, — en effet, je dis bien, pour le seul plaisir
d'être utile et pour l'honneur. Il y consentit avec empres-
sement. Je crois même me rappeler qu'il me remercia.

Il dut accepter plus que sa part de ces dignités, parfois
un peu lourdes, qui sont la rançon de la célébrité. Inspecteur général, président de la Commission des monuments
historiques, membre du conseil des Bâtiments civils, de
la Société des artistes français, de la Société centrale des
architectes, de tous les jurys, il suffisait à ces tâches
multiples sans hâte et tout naturellement. Dans ses rap-
ports avec les représentants de l'État, — il les avait vus,
au cours de sa carrière, changer successivement de tem-
péraments et de doctrines, — il demeurait à la fois
déférent et ferme, l'affabilité même avec des trésors de
résistance et des profondeurs de mécontentement. A vrai
dire, certaines choses du temps présent l'étonnaient et
l'inquiétaient un peu. Il était né architecte royal ; l'emploi

est vacant. Lorsque j'avais l'honneur, à la Direction des Beaux-Arts, de recevoir ses précieux conseils, quelle que fût à mon égard sa bienveillance quasi paternelle, je sentais bien qu'il aurait préféré collaborer avec Monsieur le Grand Voyer de France. J'obtenais de lui, à la rigueur, qu'il respectât la Commission du Budget : je n'ai pu parvenir à la lui faire aimer. Que voulez-vous? Il avait pris avec deux clients d'une qualité rare des habitudes fastueuses. Après avoir réalisé le rêve princier d'un fils de France, il était devenu l'architecte conseil du dernier des souverains bâtisseurs. Léopold II de Belgique régnait selon le cœur de Daumet : « Ah! s'écriait-il toutes les fois que je lui parlais de la réduction d'un devis, voilà un Roi! » Penchés tous deux sur de larges plans, le monarque et son artiste favori ont dû passer des heures délicieuses; ils se comprenaient à demi-mot, ils s'excitaient mutuellement aux vastes projets. Ils en ont conçu pour deux ou trois existences d'architectes et pour plusieurs dynasties.

Je n'irai pas chercher les traces de son talent et de son influence dans tous les milieux où s'est exercée sa maîtrise. Partout il laisse un grand vide; surtout ici. Ne nous arrive-t-il pas souvent, lorsqu'une discussion va s'obscurcir, de regarder la place où siégeait le bon conseiller? Comme elle savait parler le langage de la raison, cette voix fragile au charme voilé! Que l'on n'aille pas croire, au moins, que cet homme, d'une courtoisie scrupuleuse, fût incapable de passions. Il avait ses partis pris et ses colères. Les convictions fortes s'accommodent mal de ces complaisances qui sont des complicités. Daumet demeurait fermé aux bienfaits de l'anarchie. Certaines tendances étaient détestées par lui cordialement; il ne négligeait aucune occasion de le témoigner. C'était un esprit traditionnel. Naguère encore on se plaignait qu'il y eût trop de ces esprits-là. Mais aujourd'hui nous ne courons plus le danger de manquer de novateurs; cela fait prendre en gré les volontés de conservation. Daumet avait la religion du style. Il faut des prélats à toutes les églises : il était archevêque au diocèse classique. On s'explique que ce croyant n'ait pas été, comme on dit, « commode tous les jours ». — Ah! messieurs, quel défaut magnifique et comme il ressemble à une vertu!

Enseigner, enseigner jusqu'au bout! Déjà frôlé par la mort, il présidait un jury de concours. A quatre-vingt-cinq ans, il se rendait à un congrès d'architecture. Il est vrai que ce congrès se tenait à Rome; le pensionnaire de 1855 retournait fidèlement au bercail. En vérité, si Daumet a entrevu, dans un songe suprême, le paradis des bons architectes, ce dut être quelque chose de semblable au jardin du Monte Pincio.

La dernière pensée de ce Romain passionné a été pour ses jeunes camarades, les lauréats du Grand Prix. Sur son bien, si dignement acquis, il a prélevé un legs considérable en faveur des architectes qui reviennent de la villa Médicis : il a voulu leur faire un retour joyeux. Jusqu'à la fin, il aura eu l'esprit et le cœur d'un maître.

Telle fut, Messieurs, cette vie harmonieuse.

Paris. — Typ. de Firmin-Didot et Cⁱᵉ, impr. de l'Institut, 56, rue Jacob. — 51449

www.ingramcontent.com/pod-product-compliance
Lightning Source LLC
Chambersburg PA
CBHW061609180626
46818CB00005B/2015